Basilio Alberto de Sousa Pinto, José Freire de Sousa Pinto

Discursos recitados em algumas assembleias populares na camara dos dignos pares do reino e na universidade

Antigonos

Basilio Alberto de Sousa Pinto, José Freire de Sousa Pinto

Discursos recitados em algumas assembleias populares na camara dos dignos pares do reino e na universidade

Reimpressão sem alterações da edição original de 1881.

1ª edição 2024 | ISBN: 978-3-38691-073-6

Antigonos Verlag é um selo de Outlook Verlagsgesellschaft mbH.

Verlag (Editora): Outlook Verlag GmbH, Zeilweg 44, 60439 Frankfurt, Deutschland
Vertretungsberechtigt (Representante autorizado): E. Roepke, Zeilweg 44, 60439 Frankfurt, Deutschland
Druck (Impressão): Libri Plureos GmbH, Friedensallee 273, 22763 Hamburg, Deutschland

DISCURSOS

RECITADOS EM ALGUMAS ASSEMBLEIAS POPULARES
CAMARA DOS DIGNOS PARES DO REINO E NA UNIVERSIDADE

PELO

VISCONDE DE S. JERONYMO

Basilio Alberto de Sousa Pinto

———

Colligidos e publicados com sua permissão

POR

José Freire de Sousa Pinto

COIMBRA
IMPRENSA DA UNIVERSIDADE
1881

AO PUBLICO

O benevolo acolhimento que encontraram no publico os discursos de nosso Tio o sr. Visconde de S. Jeronymo, recitados por elle nas Côrtes como deputado e na Universidade como Reitor e Professor, e o respeito e dedicação que lhe tributamos moveu-nos a colligir e publicar outros posteriores, recitados em varias assembleias populares, na Camara dos Dignos Pares do Reino e na Universidade.

N'estes discursos acham-se reproduzidos os mesmos principios de justiça e politica que foram consignados nos primeiros, e por isso esperamos que encontrem no publico o mesmo acolhimento que estes mereceram.

Coimbra, 4 de agosto de 1881.

José Freire de Sousa Pinto.

I

DISCURSO

Recitado na primeira conferencia
para as Festas da Liberdade de 8 de Maio de 1874

Snnhores. — «Sobrecarregado de annos, trabalhos e desgostos, sentindo-me sem forças para desempenhar os deveres da vida publica, recolhi-me ao canto escuro da particular, e tornei-me estranho a todos os negocios publicos, porque não devia tomar sobre os meus hombros peso, com que não podem.

Apesar, porém, da minha falta de forças para o exercicio da vida publica, ainda não esfriaram no meu coração os sentimentos de reconhecimento e gratidão para com os moradores d'esta cidade, que me têm honrado, repetidas vezes, com seus votos de confiança e benevolencia; e por isso julguei do meu dever fazer o esforço, talvez temerario, de me encarregar da presidencia d'esta commissão, que tem de promover e dirigir os festejos no anniversario do dia 8 de maio de 1834, no qual esta cidade readquiriu a liberdade, que tanto preza, tanto merece, e pela qual tantos sacrificios tem feito.

Não se tracta de abrir, com estes festejos, feridas mal cicatrizadas, avivar odios amortecidos, nem levantar conflictos entre verdes e azues, brancos ou encarnados; tracta-se de reunir os homens de todos os partidos á roda do pendão da liberdade, que, longe de ser bandeira de guerra ou de vingança, é symbolo de paz, de justiça, de ordem, de tolerancia e de fraternidade: sem as quaes a civilisação e felicidade dos povos não passa de ser um sonho e uma illusão.

Portanto, agradecendo a missão com que fui considerado, procurarei desempenhal-a, até onde as minhas poucas forças chegarem, contando com o auxilio de vós todos, senhores, porque, se os estranhos, que vêm visitar esta cidade, sáem d'ella encantados, e saudosos dos ricos estabelecimentos que a coròam e aformoseam, das lindas vistas que d'ella se gosam, dos amenos campos que a cercam, e do placido Mondego, que lhe banha os pés; mal podemos nós, que somos seus filhos, uns naturaes, outros adoptivos, deixar de nos interessar pelo seu credito, pelas suas grandezas, pela sua gloria e alegrias.

Confiado, pois, em tão valioso auxilio, vou dar começo aos nossos trabalhos, pedindo a cada um de vós o seu parecer sobre os meios, que devemos empregar, para que a nossa festa sáia esplendida e digna do seu objecto: e depois escolheremos, por maioria de votos, os que julgarmos mais acertados, sem caprichos nem rivalidades, porque aquillo que todos desejamos é acertar com o melhor, venha d'onde vier, com tanto que vá para o nosso fim, que é festejar *«sub lege libertas* a liberdade bem regrada.»

II

DISCURSO

Recitado na conferencia com que foram terminadas
as Festas da Liberdade no dia 8 de Maio de 1874

Senhores. — Depois de termos desempenhado com
zelo e dedicação a honrosa missão, que nos foi confiada,
aproveito esta nossa ultima reunião, para nos felici-
tarmos mutuamente pelo feliz resultado, com que os
nossos trabalhos foram coroados.

Ainda ha pouco, vimos reunidos no magestoso templo
da Sé Cathedral, d'esta cidade, o seu ex.^{mo} e rev.^{mo}
Bispo e Cabido, a corporação da Universidade, e a
juventude academica, que é o seu ornamento, as au-
ctoridades respeitaveis de Coimbra, e numerosos cidadãos, de diversas classes, probos, honrados e con-
spicuos; prostrados de joelhos e mãos erguidas deante
do Altissimo, elevando fervorosas graças ao céo pela
restauração da liberdade no dia 8 de Maio de 1834.

Vemos agora egual reunião, festejando aquella liberdade, no magnifico salão da industria e das artes; porque a liberdade, sem o trabalho, não póde prosperar; e o trabalho, sem a liberdade, imperfeito e mesquinho, definha e morre. E, para coroar a nossa festa, parece que a Providencia, prevenindo os nossos votos, afugentou a nuvem negra e cerrada, que do alto dos Pyreneos ameaçava a liberdade, ficando esta desassombrada e segura do perigo que correra.

Mas nem por isso, senhores, devemos descurar a defeza d'esta, porque, quem quer a paz, aprompta-se para a guerra: não só com peças raiadas, e espingardas d'agulha, senão tambem com a reunião de forças e vontades; porque, sem estas, aquelles instrumentos de guerra, por mais aperfeiçoados que sejam, ficam inertes e inuteis. Mas a reunião de vontades e de forças sómente se consegue com a justiça, tolerancia e fraternidade.

A França, altiva e guerreira, que parecia invencivel, pagou cara a imprudencia de desafiar a guerra da Prussia, antes de estar preparada; e a nossa vizinha Hespanha, apesar dos seus brios e cavalheirismo, retalhada e dividida em partidos e facções, teria de abrir as portas de Madrid ao despotismo, se a prudencia e tolerancia do marechal duque da Torre, reunindo forças e vontades, e a pericia do general marquez do Douro, dispondo d'ellas, lhe não embargasse a marcha.

Sirva, pois, o monumento, que hoje levantamos, não só para perpetuar na memoria de todos a lembrança d'este dia, senão tambem para radicar nos corações o amor á justiça, á tolerancia e á fraternidade, que são a melhor defeza da patria e da liberdade.

Ainda aproveitarei esta nossa reunião de despedida para agradecer a todos a benevolencia com que tenho sido tractado, e para pedir desculpa das faltas commettidas, no desempenho do meu dever, as quaes devem ser muitas, mas filhas sómente da deficiencia das minhas forças, e não da vontade, porque esta será sempre constante em respeitar e acompanhar a todos na defeza da liberdade; mas regrada, e não absoluta, porque esta é a licença e anarchia, e detraz d'ella o despotismo.

III

DISCURSO

Recitado na Inauguração da Associação Liberal de Coimbra, com que foram terminadas as Festas da Liberdade no dia 8 de Maio de 1875.

Senhores. — «A honra de occupar este logar, que não posso lisongear-me de merecer, obriga-me a tomar a palavra, não só para agradecer tão distincta consideração, senão tambem para manifestar o meu pensamento sobre o importante assumpto que occupa as nossas attenções.

Não foram mesquinhas vinganças, nem outro algum pensamento reservado, que nos suggeriu a lembrança de festejar o dia 8 de Maio com a inauguração d'uma Associação liberal de Coimbra; mas foi o amor da liberdade, puro, e limpo de ruins paixões, que aqui nos reuniu para nos congratularmos mutuamente por ver raiar a aurora d'este dia desassombrada das nuvens negras do despotismo, e das borrascas temerosas d'anarchia.

Foi n'este fausto dia que o exercito libertador, commandado pelo nobre Duque da Terceira, entrou n'esta cidade, e depois de quebrar os ferros com que o despotismo nos tinha apertado os pulsos por largos annos, nos restituiu a liberdade, sem a qual os homens, assim como os peixes fóra da agua, não podem respirar.

A brilhante aurora d'este dia não podia deixar de despertar em nossos corações gratas recordações de tão feliz successo, e o desejo de o commemorar com actos dignos d'elle. Foi este desejo que nos levou a pôr em execução o projecto d'aquella Associação, por nos parecer que seria conveniente conservar o fogo da liberdade, sempre acceso, n'um foco permanente, que possa reverberar a sua luz por todo o reino, assim como a Universidade reverbera a das sciencias, que são filhas mimosas da liberdade, sem a qual o talento, por mais robusto que seja, fica como a aguia com as azas prezas, que se arrastam pela terra, sem se poder elevar aos ares.

Esta Associação não é exclusiva de nenhum governo, nem de nenhum partido, porque a feição pronunciada da liberdade é a tolerancia, e por isso aquella tem logar em todos os governos, e em todos os partidos, aonde esta o póde ter, e a justiça, que são duas irmãs predilectas.

Debalde se cança o fanatismo em inculcar a liberdade como incompativel com a religião de Jesus Christo, quando este foi o libertador do genero humano, e todas as nações christãs, seguindo o seu exemplo e a voz da consciencia humana, que é voz de Deus, se empenham em despedaçar, por toda a parte, os ferros da escravidão.

Portanto, quem se sentir com forças para trabalhar n'esta missão grandiosa, póde inscrever o seu nome no livro da matricula, que está patente para todos, e será bem vindo, d'onde quer que venha.

Mas a liberdade tem seus perigos. Se é um sol que alumia, tambem é um fogo que abraza. Se é uma chuva que vivifica, tambem é uma tempestade que assola. Se é um vento que refrigera, tambem é um tufão que devora; e porisso é preciso moderar os seus excessos com os limites da justiça, além dos quaes a esperam o despotismo e a anarchia.

Sejamos pois todos apostolos da liberdade; mas bem entendida e regrada pelos dictames da justiça, e este serviço será bem acceito por Deus, e o mais proveitoso para o nosso paiz e para a humanidade.»

IV

DISCURSO

Recitado na conferencia com que foram encerradas
as Festas da Liberdade no dia 8 de Maio de 1876

Senhores. — Depois dos eloquentes discursos, com
que acaba de ser exaltada a liberdade, seria grande
temeridade em mim querer apresentar uma só palavra
em seu elogio, ainda quando as minhas forças o per-
mittissem; quando mais que a fraqueza da voz e da
memoria é defeito, que acompanha a velhice, quando
sobejam annos, e os meus já não são poucos, e bem
trabalhados de fadigas e desgostos, que nunca faltam
a quem deseja cumprir o seu dever.

São, porém, esses mesmos annos e trabalhos, que
me obrigam a encerrar esta conferencia, com a recom-
mendação de que, no meio do nosso enthusiasmo, não
devemos esquecer-nos de que os excessos da liberdade
são a porta por onde entra o despotismo, e que, por

2

isso, devemos considerar esta Associação, não como meio para favorecer partido algum, ou satisfazer ruins paixões e vinganças mesquinhas, mas como centro da união de todos, e o meio para avivar em todos o amor da patria, para que, praticando acções grandiosas e feitos assignalados, possamos merecer as bençãos d'esta e as recordações gloriosas dos nossos vindouros.

O oriente da nossa liberdade, assombrado e circumscripto pelas nuvens negras do despotismo, vai-se alargando e esclarecendo, de dia em dia, apesar dos esforços empregados por este, para o estreitar e escurecer. Ainda ha pouco, campeando soberbo e feroz pelas altas montanhas do norte de Hespanha, ameaçava estender os seus furores a toda a Peninsula Iberica; porém, logo que os nossos vizinhos se desenganaram de que a força não consiste na exaltação dos partidos, mas na união d'estes, e na boa harmonia de todos, o despotismo cahiu espavorido e receou-se da sua propria fraqueza, e depois de ter devorado as entranhas da patria, lá anda, foragido, por terras estranhas, mendigando o pão negro dos desterrados.

Para coroar esta victoria, gloriosa para os nossos vizinhos, e interessante para nós todos, succedeu aportar ás praias d'aquella Peninsula, o Principe, herdeiro presumptivo da Corôa Ingleza, desejando gosar comnosco as festas e alegrias d'aquella victoria, dando-nos, com a sua presença, a bem fundada esperança, de termos, com a sua exaltação ao throno, mais um defensor, não só da liberdade Ingleza, senão tambem da nossa.

Portanto, senhores, celebremos e gozemos as festas da liberdade, com prazer e desassombro de perigos passados e futuros; mas liberdade regrada e prudente, que tape a porta ao despotismo e não a abra com os seus excessos.

Taes são os votos, com que dou por encerrada esta conferencia, agradecendo a todos, que n'ella tomaram parte, o seu comportamento nobre e proprio de quem são.

V

DISCURSO

Recitado na Camara dos Dignos Pares do Reino
na Sessão de 26 de Janeiro de 1875

O sr. *Visconde de S. Jeronymo:* — Sr. presidente, não pedi a palavra para impugnar a resposta ao discurso da corôa, porque me parece bem ordenada; nem outra cousa era de esperar da illustre commissão, a quem foi encarregada. Tambem a não pedi para fazer opposição ao governo, nem a partido algum; porque, apesar de adoptar de qualquer d'elles as opiniões que me parecem mais acertadas, não desprezo os outros, e respeito-os todos.

Pedi-a para accrescentar um pequeno additamento áquella resposta, o qual consiste em fazer um protesto solemne contra o iberismo e socialismo, que, na actualidade, são os nossos inimigos mais perigosos. Eu já disse que respeito todos os partidos; mas sómente reconheço como taes aquelles que se fundarem em crenças e principios conformes á existencia, independencia, tranquillidade e progresso da sociedade; e que procurarem defender os seus principios e promover os seus interesses dentro dos limites da esphera legal, a qual, no governo constitucional, é a mais larga, porque tem á sua disposição a imprensa e a tribuna parlamentar.

Os partidos pessoaes, que, para promoverem os seus interesses, não duvidam atacar aquelles principios e romper todos os laços sociaes, não são partidos, mas são facções inimigas de todos os governos e de todos os partidos, porque o programma da sua politica é a anarchia. Contra estas facções é que eu desejo se faça um protesto solemne, e um convite a todos os partidos legaes para se reunirem contra o inimigo commum, sem renegarem as suas crenças e os seus principios.

Bem vejo que este protesto se acha implicito na resposta apresentada, porque quem inculca a tranquillidade, o favor da agricultura, das artes e do commercio, protesta contra a anarchia e contra a negação da propriedade, da familia, do capital e do trabalho livre; mas eu desejo que seja explicito e terminante; porque o inimigo que temos a combater, em logar da viseira levantada e armas leaes, vem coberto com apparencias enganosas para illudir os incautos, e porisso é preciso desmascaral-o e fazel-o conhecido para evitar as suas ciladas.

Quando Portugal foi unido á Hespanha, em 1580, os homens mais eminentes do nosso paiz, deslumbrados pela apparente grandeza de uma nação, que havia de ter por limites, no mar, o Atlantico e o Mediterraneo, e na terra, os altos Pyreneos, avaliaram aquella união como a unica salvação de Portugal depois da triste catastrophe de el-rei D. Sebastião nos areaes da Africa; e sómente se desenganaram depois que a tyrannia da Hespanha lhes passou por sessenta annos, resolvendo-se a emprehender a gloriosa restauração de 1640.

O socialismo, além de inculcar a sua paternidade na republica de Platão, inscreveu nas suas bandeiras as palavras magicas de — liberdade, egualdade e fraternidade — arrastando com ellas, detrás de si, não só os pobres de espirito e desvalidos da fortuna, senão tambem ainda os outros, illudidos pelo encanto d'aquellas palavras.

Portanto é preciso lembrar, a uns aquelle captiveiro de sessenta annos, mostrar a outros as fogueiras e os morticinios de Cartagena e Alcoy, e fazer ver a todos que essa inculcada liberdade é a annullação da dignidade dos individuos para os tornar instrumentos cegos dos que querem dominar; que a egualdade promettida é a força bruta dominando a intelligencia; e que a proclamada fraternidade é a usurpação do fructo do trabalho e da economia para sustentar a ociosidade e os vicios.

Já vêdes, senhores, que a cruzada, que eu quero levantar, não é contra as pessoas, mas contra as doutrinas, e que por isso é a mais digna d'esta assembleia, na qual se acha reunida a flor dos homens illustrados pelas letras, pelas sciencias e que tem por missão zelar a conservação da ordem e da legalidade.

Desempenhae, senhores, esta missão honrosa; porque, se algum cataclismo politico fizer perecer esta camara, podeis mandar-lhe lavrar na urna sepulchral o epitaphio—*Quamvis illabatur orbis, infractam ferient ruinæ.*

Talvez, senhores, que esta minha proposta pareça uma impertinencia da velhice, mas, se assim for, espero que a camara ha de desculpar esta fraqueza a quem geme debaixo do peso de oitenta e um annos, consumidos em trabalhos e desgostos; e que, depois de ter ajudado a plantar no nosso paiz, em 1820, a liberdade constitucional, regrada e legal, não quer levar á sepultura o remorso de ter concorrido para a anarchia e despotismo, que são o paradeiro infallivel da justiça sophismada e da liberdade e egualdade mal entendidas e exageradas

VI

DISCURSO

Recitado na camara dos D. Pares do Reino
na Sessão de 8 de Fevereiro de 1876

A hora está adiantada e a camara deve estar fati-
gada, e por isso sinto que tão tarde possa usar da
palavra. Permittam-me, entretanto, v. ex.ª e a camara
que eu apresente algumas breves reflexões, que me
parece terem cabimento n'esta discussão. Na sessão
passada aproveitei a occasião de se discutir o projecto
de resposta ao discurso da coróa para fazer a minha
profissão de fé politica, porque, tendo passado doze
annos afastado da vida publica, receiava que a minha
politica estivesse em desharmonia com a actual: e queria
reformal-a se me convencesse de que era errada. Felizmente a benevolencia com que foram recebidas n'esta
camara as poucas reflexões que então fiz, desvaneceu
os meus receios; e, porisso, confiado n'ella conti-

nuarei aquellas reflexões no mesmo sentido, se as minhas poucas forças o permittirem.

Na sessão do anno passado propuz que na resposta ao discurso da corôa se lavrasse um protesto solemne contra iberismo e socialismo, e contra todos os partidos pessoaes, por serem facções inimigas de todos os governos e de todas as garantias sociaes.

Proponho agora que na resposta actual se consigne a necessidade que ha de disciplinar os partidos politicos, procurando a sua conciliação e harmonia, para que todos unidos possamos defender a nossa independencia e liberdade, e promover a felicidade, tanto publica como particular, que d'ellas depende. Somos poucos, sr. presidente, e se, ainda unidos, precisamos empregar grandes esforços e fazer grandes sacrificios para conseguir aquelle fim, mal o poderemos alcançar, estando desunidos. A divisa do despotismo é *divide et impera*, divide se queres dominar; portanto a da liberdade deve ser *vis unita fortior agit*, a força unida obra maravilhas.

Felizmente ainda Catilina não bate ás portas de Roma, mas quem quer a paz prepara-se para a guerra. Mas este preparo não consiste só em peças raiadas nem em espingardas de agulha, mas consiste principalmente na união de todos, a qual não se improvisa nem compra a dinheiro, mas exige tempo e paciencia, e aturados esforços de corpo e espirito, para a alcançar.

Mas não se pense que eu tenha a louca pretensão de extinguir nem annullar os partidos politicos; pelo contrario, entendo que estes partidos são elementos essenciaes da sociedade politica, e que o governo constitucional não é senão uma transacção feita entre todos para se conservarem representados n'elle, e poderem defender, exercer e gosar em liberdade os seus direitos, dentro da sua esphera legal—*sub lege libertas.*

Esta liberdade regrada, esta agitação, este movimento regular dos partidos politicos, longe de perturbar a paz e a ordem da sociedade, são os que dão vida, porque, onde o movimento falta, a paz e a ordem são a quietação do sepulchro e a tranquillidade dos mortos.

As marés, que, sem sahirem do seu leito, levam o movimento ao seio do oceano, são as que lhe dão vida; porque sem esse movimento seria mar morto, como são todos aquelles em que as marés faltam.

Seria, porém, grande absurdo considerar como feliz uma sociedade, na qual os seus membros, divididos em partidos, em logar de se respeitarem mutuamente e auxiliarem uns aos outros, para redobrarem as forças de todos, gastassem estas em lutas estereis e inglorias, sem proveito de ninguem e prejuizo de todos.

Ainda ha pouco a França nos deu um triste exemplo d'esta situação tristissima; porque, sendo poderosa e soberba, como é, enredada e enfraquecida em lutas partidarias, desprezando os conselhos do velho Thiers, como se fossem vaticinios de Cassandra, e esperando descuidada e desapercebida a nova invasão dos barbaros do norte, teve de resgatar, a peso de oiro, a sua independencia e liberdade.

Esta lição não foi perdida para a França. Ainda ha pouco, Casimiro Perier, um dos mais distinctos campeões da esquerda parlamentar, n'um manifesto dirigido a alguns eleitores, reduziu o seu programma republicano a que a *Republica devia ser irreprehensivel, que devia ligar-se estreitamente aos interesses conservadores; que a democracia se não devia separar da liberdade, nem esta da ordem; e que o direito da revisão constitucional não era arma para destruir as instituições, mas um meio para as conservar e consolidar.*

Esta lição foi boa; mas é melhor fazer a experiencia na cabeça alheia, do que na propria; e porisso, se nós temos essa experiencia na França e Hespanha, seria grande imprudencia fazel-a na nossa.

Portanto a necessidade da conciliação e harmonia dos partidos politicos parece-me manifesta. A difficuldade está em descobrir os meios mais efficazes para a levar a effeito. Confesso que, apesar de ter pensado bastante a este respeito, ainda não pude achar senão dois meios — justiça e instrucção publica.

A justiça franca, leal e igual para todos, garantindo a todos a liberdade na defesa, exercicio e goso dos seus direitos, dentro da sua esphera legal; e, reprimindo as demazias d'aquelles que exorbitam d'esta, ganha a confiança publica, consolida e harmonisa os partidos, e aproxima uns e outros do governo. E distribuindo, com mão imparcial, os premios destinados para recompensar os serviços relevantes feitos ao estado, cria o amor da patria e desperta em todos a nobre ambição de se distinguirem n'aquelle amor por feitos heroicos e acções grandiosas e assignaladas.

A instrucção publica, ensinando a todos a conhecer os seus verdadeiros interesses, direitos e deveres, tapa a falsa porta da ignorancia por onde os ambiciosos de louros e poderes, que não merecem, se introduzem no meio dos povos para corromperem as eleições, que são a base fundamental do governo representativo.

Esta politica justiceira e doutrinaria é alcunhada *catonismo* anachronico, rotineiro e impraticavel, por se julgar que o rigor da justiça é incompativel com a suavidade e brandura dos costumes modernos; e por isso alguns politicos inculcam a politica partidaria como mais conforme com aquelles costumes e as conveniencias politicas.

Porém a politica não é uma especulação de interesses proprios, de familia, de clientela, nem de partido algum; mas é uma abnegação de nós mesmos, com sentimentos generosos e desinteressados, convicções profundas e aspirações elevadas acompanhadas de grande força para conseguir um grande fim, que é o bem de todos.

O rigor da justiça só póde aterrar os criminosos, aos quaes o remorso do crime faz ver na mão da justiça a espada de Damocles suspensa sobre as suas cabeças. O homem justo, em logar de ver na justiça o seu algoz e o seu perseguidor, vê o seu defensor; porque a justiça e as leis são a defesa e a vingança do homem civilisado; assim como a injustiça e a força são a vingança e a defesa do homem selvagem.

O homem justo, em logar de ver na justiça o inimigo da liberdade, vê n'ella a garantia mais segura d'esta, porque a liberdade e a justiça são duas irmãs tão unidas, que se não podem separar: aonde a justiça falta, a liberdade é a anarchia; aonde a liberdade falta, a justiça é o despotismo.

Reconheço, sr. presidente, que todas as reflexões que acabo de fazer são trivialidades conhecidas por todos, e muitas vezes repetidas; mas ha verdades tão importantes, que, por mais repetidas que sejam, nunca são perdidas; e uma d'estas é sem duvida a justiça, a qual, apesar de ser reconhecida e louvada por todos, ainda não pôde desmentir o rifão de que ninguem a quer em casa; ou antes todos querem na sua casa a justiça que dá logar a premios, mas nas dos outros a que castiga e reprime.

Portanto, aos jurisconsultos, que são os seus apostolos, corre o dever de ensinar, prégar e administrar como ella é, para que todos não só a acolham na sua casa, mas lhe dêem abrigo no coração, como ella merece; porque o assento da justiça é a consciencia de cada um.

VII

DISCURSO

Recitado na Sala dos Capellos no dia 30 de Novembro de 1880, como Padrinho de seu sobrinho, que tomou capello n'esse dia na faculdade de Mathematica.

Senhores. — Reconheço que a quem occupa este logar não é dado hoje, como era d'antes, tomar a palavra no acto que acabamos de celebrar; porém, o dever da gratidão é tão sagrado que julgaria faltar ao meu se deixasse de o cumprir, antes de sahir d'esta casa.

Tomo portanto a liberdade de aproveitar esta occasião para agradecer: ao ill.^{mo} e ex.^{mo} sr. Reitor o favor, que espero, de tolerar e desculpar a minha ousadia; aos meus illustres e sapientissimos Collegas da Universidade, os affectuosos abraços, com que receberam no seu gremio o novo doutor, meu muito querido sobrinho e afilhado; aos eloquentissimos oradores, os primorosos discursos que nos honraram; e a esta amplissima e conspicua assembleia a benevola attenção e especial agrado, com que se dignou engrandecer e abrilhantar a nossa festa.

Aproveito ainda esta occasião (porque não terei talvez outra) para me despedir de todos com a mais pungente saudade; porque quanto mais nos aproximamos da sepultura, mais caros se nos tornam o logar em que nascemos, os Paes que nos geraram, a familia que nos educou, os mestres, que nos ensinaram e os amigos que nos acompanharam tanto na boa como na má fortuna, e tudo isto tenho experimentado no decurso d'uma vida já bem larga e trabalhada.

Nasci nas margens escarpadas do Douro caudaloso; e não nas amenas e aprazíveis do placido Mondego; mas foi n'estas que a minha razão se desenvolveu e o meu espirito se alargou. Encontrei n'esta Universidade Professores sapientissimos, que não só me ensinaram como mestres, senão também me protegeram como amigos; e moços estudiosos e polidos, dos quaes uns me estimaram como condiscipulo e quasi irmão, outros me respeitaram como mestre e quasi como Pae.

Encontrei nos moradores d'esta nobre cidade de Coimbra cidadãos probos e honrados, que com os seus votos espontaneos e conscienciosos, me elevaram duas vezes ás cadeiras de Deputados; e uma imprensa livre e independente, que, com os seus elogios, me ganhou estas insignias que me cobrem o peito, com as quaes os Senhores Reis D. Pedro v e D. Luiz i se dignaram

honrar-me, não como cortesão lisongeiro, nem conse-
lheiro valido, mas como

> Homem d'um só parecer,
> D'um só rosto, uma só fé
> D'antes quebrar que torcer;
> Que tudo poderá ser,
> Mas da Côrte homem não é.

No meio d'estas honras e grandezas tambem me
não faltaram penas nem desgostos; mas quem deixará
de os ter na vida publica, na qual quem mais alto
sobe, mais acceso encontra o fogo da discordia, da
inveja, da intriga e da calumnia?

Na verdura dos meus annos fui elevado como deputado ás constituintes de 1820 e ás ordinarias de
1823, entre os homens mais distinctos d'aquella epocha:
honra que eu não merecia: mas paguei-a com seis annos
de desterro que soffri, no tempo da usurpação, andando
perseguido e arrastado pelas serranias mais agrestes
e desabridas das duas Beiras, do frio gelo e do sol
queimado.

Debellado o despotismo e restabelecida a liberdade,
voltei a Coimbra e fui restituido á Universidade com
despacho de Lente de Vespera da Faculdade de Leis,
sendo de Prima o sr. Serpa Machado, meu collega nas
Côrtes e na Universidade, companheiro no infortunio
e sempre amigo.

Depois de mais de trinta annos de serviço n'aquelle
emprego, e nos de Fiscal do Estado e Fazenda da

Universidade, deputado da Junta d'esta Fazenda e Membro da Directoria Geral dos Estudos Primarios e Secundarios, e Vogal do conselho superior de Instrucção Publica, fui elevado pelo sr. D. Pedro v á cadeira de Reitor d'esta Universidade. No desempenho d'este logar empreguei o maior zelo em observar e fazer observar os Estatutos, Regulamentos e mais Leis da Universidade, com justiça egual para todos, por me parecer que a justiça e disciplina são condições indispensaveis para a conservação e prosperidade de todos os estabelecimentos. Como porém todos louvam a justiça mas ninguem a quer em casa, o meu zelo foi tachado de rigor e tyrannia e, como tal, pago com o ostracismo de dez annos, que passei desconsiderado e esquecido, no canto escuro da vida particular, até que o sr. D. Luiz i se dignou tirar-me d'elle com as honras de Par do Reino, Commendador e Grã-Cruz da Ordem de Santiago.

Com estas honras, e sobretudo com a benevolencia de quem m'as deu, e que a todos devo, me dou por sobejamente pago e satisfeito dos poucos serviços que fiz e dos muitos desgostos que soffri; sentindo sómente não poder manifestar a todos o meu reconhecimento senão com a despedida que de todos faço com a gratidão no peito, as lagrimas nos olhos e a dôr no coração.